令和川柳選書

暇人の一句

村上善彦川柳句集

Reiwa SENRYU Selection
Murakami Yoshihiko Senryu collection

新葉館出版

令和川柳選書

暇人の一句 ■ 目次

令和川柳選書

暇人の一句

Reiwa SENRYU Selection 250
Murakami Yoshihiko Senryu collection

第一章　相づち

飼い猫が見本を見せるストレッチ

猫だまししても女房はひるまない

相づちを打つが話は聞いてない

トランプと私が同じ歳なんて

回り道したから会えた君と僕

ボランティアするよりされる方の歳

太刀持ちに声援が飛ぶ土俵入り

横綱が十番勝って誉められる

大関になるとなぜだか弱くなる

影薄い人が意外と大富豪

乾杯のビールの泡が消えている

配分の仕方でわかる人間性

貸金庫に入れた妻への感謝状

返納し逆走の夢見なくなる

縁側で猫とサバ缶月見酒

マルサより恐い女房の取調べ

そんな事言うならご飯作らない

お毒見と知らず亭主が食べている

相続は不和の元だと全部寄付

本当は大嫌いだが弁護する

ワンチーム皆善人じゃつまらない

エリートに犠打の値打ちはわかるまい

陰日向無い人間は出世せず

履歴書に打たれ強いを追加する

古希過ぎて同窓会が昼になる

目立たない性格だけど腹は出る

悪口が減ってつまらぬ人になる

回転が早すぎ出来ぬ長話

おばちゃんは回転遅い店が好き

有料のトイレに慣れぬ日本人

無派閥の会もやっぱり派閥でしょ

無人でも一日二回通るバス

決め技が無くて優勢勝ちばかり

障害を超え生涯の友になる

陰干しの着物老母の影法師

懐疑的だから会議が長くなる

最大の幸せ女房料理好き

星なんかなくてもうまい妻の飯

おみくじの女難の相に女房焼く

血糖値下がり毎晩祝い酒

まず一杯飲んで異国をかみしめる

人肌の燗をして飲むマイ徳利

ブラックに近いグレーの大企業

法令を守る大臣法破る

買収に恥のかけらもない議員

とりあえずビールで終る暑気払い

近道が一番遠い帰り道

占い師悪い事だけよく当てる

伝統を守りきれない過疎の村

住めば都田舎暮らしにはまってる

伝統の秘伝のたれで守る味

相続が山わけだったら減る事件

惜しまれる往生際の良い仏

お別れも通夜もできずに骨となる

六文銭しか持っていけないあの世

六文を五文に値切り生き返る

三途の川直行便が飛ぶという

元気な人ばっかりの避難訓練

主人よりピアノが広い部屋に住む

仏壇を値切って買った親不孝

プレミアムフライデーってまだあるの

影薄い奴が百歳まで生きる

物忘れやがて心配しなくなる

捨て試合拾ってチーム波に乗る

すれすれで入ったサヨナラホームラン

弱すぎてやっぱりファン止められぬ

紫のたすきに染みる雪つぶて
恋文に止まったホタル赤くなる
白黒をつければいつも黒が勝つ

鼻の差で鼻高々の優勝馬

馬面で良かった鼻の差で勝つ

整形で持ち馬の鼻長くする

蒸してるの注意無視して熱中症

カン首相と言って皆から総スカン

光秀はオンエア前に裏切られ

幕尻はこれからVの指定席

三流のソフトココアとマイナンバー

陽性と分かった時は死んだ後

自分史にコロナを追加するなんて

手抜きするマスクの下のメーキャップ

コロナよりひどい買収クラスター

スクラムを組んで討ち入る吉良屋敷

七福神我が家に集い密になる

落選句並べ一年振り返る

Reiwa SENRYU Selection 250
Murakami Yoshihiko Senryu collection

第二章

薄味

三丁目の夕日が似合う洋食屋

マイ箸を持って海外食べ歩き

昼飯はテイクアウトでキャッシュレス

忘年会スルーしてする一人鍋

熱々の鍋に沈んだカキ探す

相づちが湯気の向こうに届かない

初体験古希過ぎて見る宝塚

とりあえず長いお休みありがとう

改元で回復したい亭主の座

大賞をもらいお山の大将に

腫れた歯をいやしてくれる晴れた空

茹でこぼしうまく出来ぬとこぼす人

駅伝の合い間を縫って初詣

子や孫が去って財布がやせ細る

毛穴隠せど隠せぬ加齢臭

暗示かけるたび理想が高くなる

日本沈没近未来を暗示する

幻がはっきり見えて幻滅し

雑巾をベランダに干し除夜の鐘

碁仇と白黒つける大晦日

恒例の初夢地震で目が覚める

幻の岩魚が釣れる養魚場

鰯雲今日の釣果は雑魚ばかり

深海のプランクトンに差す朝日

予報では旅の終りに晴れマーク

入国審査作り笑顔で怪しまれ

鵜舟囲み華やぐ夜の屋形船

ずるずると下ってからの粘り腰

実力が人気に迫る歳になり

横綱が勝って拍手が鳴り止まぬ

直伝をたどれば江戸の味がする
仕込むのに十年誰もいなくなる
すばらしい出来とほめればまだと言う

人生が重く感じる年になる

二人分楽しまなくちゃ一人旅

申告負け夫婦喧嘩に取り入れる

突込みとボケが毎日暮らしてる
ボケばかり増えて会話が続かない
一人だけ笑ってくれる人がいる

口をつぐむといつもの僕になる

雄弁より寡黙で人をひきつける

ただいまと言って等身大になる

通帳が忘れられてるコピー台

ずぶ濡れでじっと待ってるママの傘

次々の次はもう無い過疎の村

薄情の言葉に弱い高齢者

説得をしてるつもりが諭される

無駄口を叩いて今日も日が沈む

置きみやげ残しエリート出世する

大一番あっという間のはたき込み

遠回り出来なくなったナビがある

鯉のぼり肩身が狭いバルコニー

ジグザグに行くから楽し一人旅

やり残し未完と言えば品がある

ミシュランの三つ星よりも妻の味

愛妻の料理に星などつけられぬ

最大の味方も敵もわが女房

年賀状いつか会おうと書いてある

初夢で弁天様とハイチーズ

財産は使い切ったと遺言する

自粛してコロナ太りの秋がくる

稲刈りの案山子ソーシャルディスタンス

マスクした女性はみんなミステリアス

通帳も現金も消えていく銀行
何もかもスマホで管理する時代
暇人はながらスマホいたしません

代引の宅配便に大あわて

ぬるい湯で世間話に花が咲く

ぬるま湯でお猿の顔が赤くない

着いたかと降りれば一つ前の駅

空白の答案夢でうなされる

診察の医師が暗いぞ気のせいか

紅梅の香る坂道急勾配

ソーリーと総理は謝罪ばかりする

入選句より没の句可愛がる

一日は長いが一年早く過ぎ

八十路でも行くぞ海外夫婦旅

一呼吸遅れて笑う英会話

瞑想をしてる途中に湧く邪心

戒名と故人の顔が一致せず

薄味の涙流して葬儀終え

薄味ではつまらぬ半沢直樹

上書きをして本心が消えて行く

枯れたかと思った枝に出るつぼみ

Reiwa SENRYU Selection 250
Murakami Yoshihiko Senryu collection

第三章

遅咲き

遅咲きで良かった老後が長くない

天の川より三途の川が似合う歳

夢の中出てくる友は年とらず

へそくりを隠した場所がわからない

泌尿器科出ればすっきり雨あがる

服を着るこんなの着れんと言いながら

女房に呼ばれただけで身構える

メタボ鮎慣れぬジャンプで腹を打つ

速いのに人の後ろにつきたがる

伝統にあぐらをかいて家つぶれ

伝統が進化を阻む名旅館

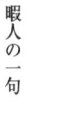

湯治宿リニューアルして客が減る

武家屋敷中にこっそり温風器
伝統はお金が無いと守れない
伝統も格式も無く金も無く

なまはげの面で隠して飲む地酒

最後の灯り消えて絶える伝統

なまはげに大人も叱ってもらいたい

ありがとうたまに言うから有る効き目

日記には書けるが言えぬ愛してる

思いきりハグして女房目を回す

スプーンは曲げられないが背は曲がる

骨抜きにされれば肩こり治るかな

マスクして俺だよ俺が言い易い

今朝もまた無事だったかと目を合わす

号令をかければいつも2で終る

俺なんかいつも女房の影法師

乾杯の挨拶長くグラス置く

面影に有ったホクロが今は無い

健康で周りの人に嫌われる

クラシック睡魔が襲う二楽章
突然のジャズで目覚める深夜便
音楽がロックダウンを和らげる

ＳＯＳ気付いてやれぬ親ばかり

無関心息子が娘になっていた

暗示しても石頭にはわからない

アツアツのハグが可愛い金婚式

ハグされてコロナの事をつい忘れ

爺ちゃんは嫁にハグされ目から星

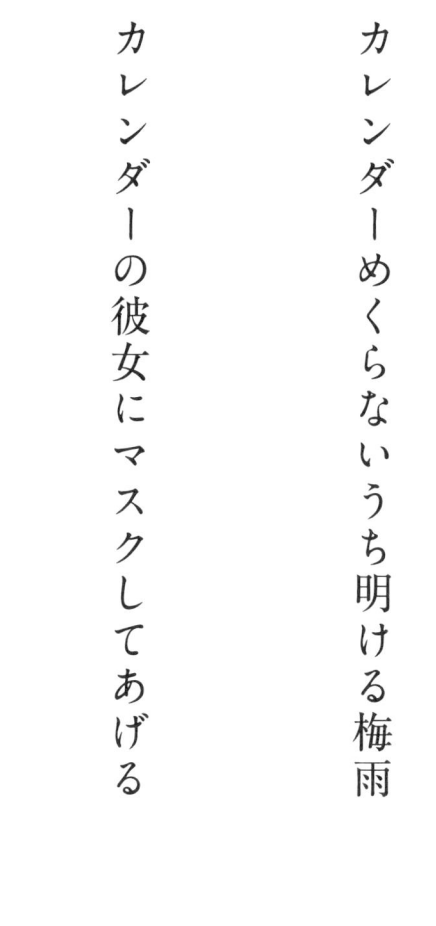

カレンダーめくらないうち明ける梅雨

カレンダーの彼女にマスクしてあげる

カレンダー二枚めくって秋を呼ぶ

抜け道をまず考えてする政治

抜け道が分かりやすくて使えない

下に強気上に弱気の管理職

高まる事何も無いわと女房言う

女房の冷たい足を温める

夫婦喧嘩今では線香花火なり

幽霊と涼しい部屋に引きこもる

夢の中なぜか嫌いな人ばかり

避暑に行くその日に限り肌寒い

アベノマスク疑惑隠すにゃ小さすぎ

再会のリミット迫る拉致家族

虐待の子供に愛をひとかけら

食べた後毒見役だと知らされる

密封が出来たかどうか開けてみる

三流のモデルよく食べよく笑う

横綱の看板だけは掛けておく

滑舌をワカタカカゲで試される

倍返しよりドラマチック照ノ富士

舞い踊る鯛や平目にプラの危機

焼き芋の温さを包む新聞紙

犠打決めていつもヒーローのお膳立て

元気そうな友人ばかり先に逝く

悪知恵でもうけた奴をだます奴

対立と葛藤始まる遺言書

三流の暮らし可も無く不可も無く

腹いせをすれば待ってる倍返し

女房にやさしさ求め怒鳴られる

窓際で家族のために頑張った

窓際にいられる頃が華だった

左遷した部下の会社に飛ばされる

猫も猿も回転不足メタボ気味

猫背だと言われじっくり三毛を見る

海外の猫としてみる英会話

咲かぬなら咲くまで待とう根比べ

整体で猫から人に戻される

マスクせぬ人が不自然今の世は

救急車呼んで安心過去の事

孤独死の家にも咲いている桜

年のせいか苦手な人がいなくなる

晩酌のサバ缶うまし三毛とシェア

海外で通じぬ英語習ってる

生涯の友川柳と英会話

あとがき

前作「筆の向くまま気の向くまま」を出版してから四年、川柳マガジン二五〇号記念企画「令和川柳選書」発刊の主旨に賛同し、このたび拙著「暇人の一句」を出版する運びとなりました。

折しもコロナが全世界に蔓延する世の中。ともすれば暗くなりがちな世の中をほんの一瞬でも忘れていただけるくすっと笑え、かつ共感していただける作品をお届け出来たらと思いながら心をこめて選句しました。

ここで前作について少し触れさせていただきます。多くの皆様から感想やお好きな句を選んでいただきありがとうございました。感想の中で特に心に残ったのが「ホームランは少ないが確実にヒットは打っている」という言葉でした。私自身まさにそのような気持ちで作句していましたのでうれしかったです。句集の中で最も好評だったのは次の二句でした。

雑草も咲けば誰かの目にとまる

真知子巻きどんな寿司だと皆言う

一句目はほっこり、二句目はくすりでしょうか。共にシングルヒット程度の句ですが、皆さんが選んでくれた句なので、これからも大切にしていきたいと思います。

今回の句集はこのほっこり、くすりをベースに、前作にはなかった時事川柳と洒落川柳を少しではありますが混ぜてみました。時事川柳といっても政治は苦手なので、もっぱら好きな大相撲を題材に作句しています。洒落川柳も挑戦してみると誠に奥が深いのに驚きました。まだまだ未熟ですが次回の出版時には皆さんに「ホホー」と感心してもらえるような句が出来ればと思っています。

縁あって川柳マガジンの人気コーナー「近代川柳作家作品合評」の合評者を令和二年十一月号から令和三年十月号までの一年間担当させていただきましたが、今でもその一句一句が生き生きと目に浮かんできます。この間十二名、六十句を鑑賞させていただきましたが、今でもその一句一句が生き生きと目に浮かんできます。川柳の持つ奥深さ、軽妙さ、うがち等々大変勉強になり、私の財産になりました。特に心に残ったのが次の二句です。

花鋏花のいのちに触れた音　　石原伯峯

原稿をお断りして眠れない　　山本光倫

一句目は、心が洗われるような瑞々しい句。作者の心の優しさが伝わってくる。

二句目、くいが残らないように、私は原稿の依頼が来たらお断りしません。

過日市役所から後期高齢者のお祝い金支払いの通知を受取りました。次にもらえるのは七七歳の喜寿の時です。お金の多寡は問題ではありません。人間目標を持ち続けることが大事です。喜寿の時に次の一冊を。今回よりさらにパワーアップして、少しでも著名な川柳作家の先生方に近づけるよう精進したいと思っています。

二〇二二年七月吉日

村上善彦

●著者略歴

村上善彦（むらかみ・よしひこ）

昭和21年、広島県尾道市因島生まれ。埼玉県蕨市在住。サラリーマン定年後、明治座アカデミー第５期レッスン生卒業。シナリオセンター本科卒業。朝日カルチャーセンターの通信講座「川柳教室」で腕を磨いた後、川柳マガジンに投句開始、現在に至る。著書に「筆の向くまま気の向くまま」。日本ビジネス川柳倶楽部会員。

令和川柳選集

暇人の一句

○

2022年 8 月26日　初　版

著　者

村　上　善　彦

発行人

松　岡　恭　子

発行所

新　葉　館　出　版

大阪市東成区玉津１丁目9-16 4F　〒537-0023

TEL06-4259-3777㈹　FAX06-4259-3888

https://shinyokan.jp/

○

定価はカバーに表示してあります。

ISBN978-4-8237-1127-5